Chef sumisa
Colección Dominación Erótica

Título

Chef sumisa

De

Erika Sanders

Serie

Colección Dominación Erótica

Imagen portada: @ LightField Studios, 2020

Primera edición: Octubre, 2020

Correo electrónico de contacto:

erikasanders98@gmail.com

Sinopsis

Cristina es una chef recién salida de la escuela culinaria que está en busca de su primer cliente.

En esta búsqueda se encuentra con Paul, un millonario con unos gustos muy peculiares...

Chef sumisa es una novela de fuerte contenido erótico BDSM y, a su vez, una nueva novela perteneciente a la colección Dominación Erótica, una serie de novelas de alto contenido BDSM romántico y erótico.

Nota sobre la autora:

Erika Sanders es una conocida escritora a nivel internacional que firma sus escritos más eróticos, alejados de su prosa habitual, con su nombre de soltera.

Correo electrónico de contacto:
erikasanders98@gmail.com

CHEF SUMISA
POR
ERIKA SANDERS

PRIMERA PARTE
CONSENTIMIENTO MUTUO

CAPÍTULO 1

La carta fue una bendición.

Apenas podía contener las lágrimas.

Cristina acababa de terminar sus estudios culinarios y su nuevo negocio de catering tenía un comienzo difícil.

Se quedó de pie en su pequeño departamento y revisó cada palabra de la carta escrita a mano.

Querida Cristina,

Espero que esta carta te llegue. Perdóname, pero no uso el correo electrónico. Y generalmente no me gustan las llamadas telefónicas. Estoy pasado de moda.

Soy un conocido de tu madre. Nos conocimos brevemente en la fiesta de un amigo mutuo hace varias semanas. Tu madre mencionó casualmente tu negocio de catering varias veces. Lo pensé y suena interesante. Nunca he contratado a un proveedor de catering antes.

Si estás interesada en un nuevo cliente, contácteme y tal vez podamos llegar a un acuerdo. Soy un cocinero terrible. Y escuché que eres muy buena.

Mis mejores deseos y buena suerte con tu negocio,

Paul

Finalmente, pensó ella. La buena suerte comenzaba a venir en su camino.

CAPÍTULO 2

Una semana después.

Cristina conducía por el rico vecindario en su viejo y destartalado automóvil.

Claramente Llamaba la atención, pero no le importaba.

Estaba feliz de estar en este vecindario para un posible trabajo potencial.

Aparcó en la entrada de la dirección que le habían indicado.

No tenía idea de cómo se veía Paul.

Su única interacción real fue una breve llamada telefónica para organizar la reunión.

Cristina llamó a la puerta.

Respondió una anciana negra.

La mujer llevaba un traje de sirvienta.

La mujer permaneció extrañamente callada mientras se miraban.

"Hola", dijo Cristina torpemente. "Estoy aquí para ver a Paul".

La anciana negra asintió.

"Entre por aquí."

Cristina entró y la criada cerró la puerta.

La criada la condujo por las escaleras de una casa bastante grande.

Cristina miró a su alrededor con ojos llenos de envidia.

Todo era antiguo, oscuro y rústico.

Había antigüedades por todas partes.

Pinturas clásicas se exhibían en las paredes.

Llegaron a un pasillo y la criada abrió una puerta después de tocar primero.

Cristina entró, luego la criada se fue.

Era una sala de oficina.

Paul estaba sentado detrás de su escritorio trabajando.

Era un hombre guapo de unos 40 años.

Tenía una expresión en la cara como de piedra que era imposible de leer.

Su cara era perfecta para el póker.

Su rostro permaneció inexpresivo.

"Por favor, toma asiento", dijo.

Cristina estaba intimidada por su presencia y por su propia falta de experiencia empresarial.

Nunca antes había cerrado un trato.

Ella se sentó frente a su escritorio.

"Debes ser nueva en esta línea de trabajo", dijo.

"¿Por qué dices eso?"

"Pude sentir tu nerviosismo cuando entraste. Deberías intentar relajarte. Tranquila, estoy para ayudarte en lo que necesites".

Ella esbozó una sonrisa incómoda.

"Lo tendré en cuenta."

"Está bien. Ahora cuéntame sobre tu negocio de catering."

"Bueno, todavía es bastante nuevo", dijo después de pensarlo un poco. "Puedo preparar comidas para satisfacer sus preferencias específicas. Si necesita catering para una fiesta, puedo contratar personas adicionales. Tengo muchos amigos de la escuela culinaria".

"Eso no será necesario. Prefiero que trabajes sola. Hay menos problemas de esa manera".

Cristina asintió con la cabeza.

"Supongo que vives solo y quieres que te prepare las comidas".

"Muy astuta".

"¿Tenías un acuerdo específico en mente?"

"Eso depende", respondió Paul. "¿Estás ocupada?"

Ella le dio una sonrisa avergonzada.

"Al contrario. Eres mi primer cliente real. He hecho pequeñas cosas aquí y allá. Principalmente para amigos de mi madre que me estaban haciendo un favor".

"¿Quieres un consejo comercial gratuito? Nunca reveles una debilidad. No suena bien".

"Oh, claro. Lo recordaré".

"En cuanto a un acuerdo", respondió Paul. "¿Podrías prepararme las comidas? Almuerzo y cena".

"Claro. Eso no será un problema".

"Excelente. Me gustaría que me entregaran las comidas en mi casa a las 11:30 de la mañana en punto. De lunes a viernes".

"Por supuesto", asintió ella.

"Este acuerdo, como poco, durará los próximos meses. Cualquiera de nosotros tiene la opción de cancelar el acuerdo en cualquier momento. ¿Entendido?"

"Sí, entiendo."

"Excelente."

"¿Tienes alguna preferencia por las comidas?" Cristina preguntó. "Mis especialidades incluyen francés, italiano y diferentes estilos de Asia..."

Sacudió la cabeza.

"Eso no importa. Solo tráela a tiempo".

"Bueno."

"Ahora discutamos los números. ¿Cómo te suenan 100 dólares por día? ¿Es justo?"

Los ojos de Cristina se abrieron.

El trabajo y la cantidad ofrecida era mucho más de lo que esperaba.

Se dio cuenta de que debía de parecer una tonta con una expresión de cachorrita en su rostro, así que recuperó la compostura.

"Eso suena razonable", respondió con calma. "Si, está bien."

"Entonces está arreglado. ¿Puedes comenzar mañana?"

"No hay problema. ¿Pero estás seguro de que no quieres probar mi cocina primero?"

"Francamente, no me importa el sabor de la comida. Fuiste a la escuela culinaria. Eso para mí es lo suficientemente bueno. No quiero preocuparme por la comida mientras estoy trabajando".

Cristina asintió con la cabeza.

"Está bien. Entiendo. ¿Puedo preguntarte qué es lo que haces? Tu casa es hermosa. Me encanta el ambiente rústico".

"He hecho varias cosas en mi vida. En estos días soy comerciante de arte. También trato con antigüedades raras. Por el momento, me estoy centrando en mis escritos".

"¿Que escribes?" ella preguntó.

"Unas memorias. No pretendo ser alguien famoso o importante. Pero tengo algunas historias que compartir. Sería una pena que nadie las escuchara. También estoy trabajando en algunos libros de ficción".

"Oh, suena interesante. Tal vez pueda leerlos algún día. Me encanta leer biografías y memorias".

Paul esbozó una leve sonrisa.

"No creo que te interese".

"¿Por qué no?"

"Es una suposición. ¿Pero quién sabe? A veces me equivoco acerca de estas cosas".

"Está bien", Cristina asintió torpemente.

Paul se levantó y caminó hacia Cristina.

Ella entendió y se puso de pie también.

Paul era casi un pie más alto que ella.

Su físico se alzaba sobre el delgado y pequeño cuerpo de Cristina.

Él extendió la mano y se dieron un apretón de manos.

"Oficialmente tenemos un trato", dijo. "Espero la primera serie de comidas mañana a las 11:30 de la mañana. No llegues tarde. No tolero la desobediencia".

Ella tragó saliva.

"Sí señor."

CAPÍTULO 3

Cristina seguía impresionada por la reunión con Paul.

Se acostó en la cama y miró al techo.

La oferta parecía demasiado buena para ser verdad.

Era casi increíble.

Pero temía que hubiera sido una broma cruel, pensaba.

Levantó su teléfono y llamó a su madre.

Su madre siempre respondía sus llamadas en unos pocos tonos.

Cuando contestó al teléfono, Cristina no perdió el tiempo y se lo explicó todo.

No se escatimó ningún detalle.

Cristina le contó a su madre todo sobre la oferta y todas las sensaciones que tuvo al conocer a Paul.

"Eso es maravilloso", respondió su madre.

"Lo sé. Es algo loco, ¿verdad? Pero no creeré nada de esto hasta que su dinero esté en mi mano. Hasta entonces, imagino lo peor".

"Concéntrate en pensamientos positivos, Cristina. Tu negocio finalmente está despegando".

"Eso espero. Quiero decir, ¿100 dólares al día por dos comidas? Incluso si me despide la semana que viene, aún me alegraré de haber ganado tanto dinero".

"Yo no me preocuparía por eso".

"¿Qué quieres decir?" Cristina preguntó.

"Aparentemente, Paul tiene buenas reservas económicas".

"Me di cuenta. Su casa era como un museo".

"Ahí lo tienes. No tienes que preocuparte de que sus finanzas se acaben. Solo mantenlo contento con excelentes comidas, excelente servicio y no llegues tarde".

"¿Qué sabes sobre ese tipo?" Cristina preguntó en un tono más serio. "Parece un poco raro, ¿no?"

Su madre pensó por un momento.

"De alguna manera. Solo lo conocí una vez en una fiesta. Es un tipo muy inteligente. Sin tonterías. Directo".

"Definitivamente es él", bromeó Cristina.

"Sin embargo, no lo subestimes. Aparentemente es un encanto con las damas".

"¿De verdad?"

"Eso es lo que he escuchado. Asegúrate de mantenerte alejado de su encanto irresistible", bromeó.

"Muy graciosa", respondió Cristina. "Sin embargo, definitivamente no es mi tipo. Demasiado viejo. Y demasiado aburrido".

"Me alegra que tu negocio haya tenido un gran comienzo".

"Ya veremos."

"Concéntrate en pensamientos positivos, Cristina".

CAPÍTULO 4

Pasaron las semanas.

Cristina ya había preparado docenas de comidas para Paul.

Y ella había ganado miles de dólares durante ese tiempo.

La rutina diaria era siempre la misma.

Levantarse temprano por la mañana.

Cocinar.

Colocar todo cuidadosamente en contenedores.

Llevarlo a la casa de Paul antes de las 11:30 de la mañana.

Nunca llegar tarde.

Y nunca desobedecer.

Un día se le pidió a Cristina que preparara el almuerzo, que había traído, en un plato en la cocina.

Entonces ella lo hizo.

Era la primera vez que realizaba tareas en la cocina de Paul.

Estaba orgullosa de su comida.

Sabía que sabía muy bien, aunque Paul nunca le había felicitado por ella.

Él bajó las escaleras con ropa casual.

Como siempre, su rostro era casi inexpresivo.

Miró la comida presentada en la mesa del comedor y no se molestó en comentarla.

"¿Debería irme ahora?" Cristina preguntó torpemente.

"Quédate un momento. Hay algo que quiero preguntarte".

"Bueno."

Paul se sentó a la mesa del comedor mientras Cristina permanecía de pie.

"¿Qué otros servicios ofreces?" preguntó. "Además de cocinar".

Cristina se sorprendió y se mantuvo firme.

Se preparó para más insinuaciones.

Estaba preparada para el acoso sexual.

"Brindo un servicio de catering honesto. Cocino comidas gourmet. Eso es todo. Si está buscando otros servicios, le sugiero que busque en otro lado".

"¿Y por qué es eso?" preguntó con severidad.

"Honestamente, no eres mi tipo".

"Tú tampoco eres mi tipo".

Se sintió aún más ofendida.

"Mira, creo que nuestro arreglo está funcionando bien. Mantengámoslo así. Cualquier otra cosa no va a funcionar".

"¿Crees que estoy solicitando favores sexuales?" preguntó.

Cristina se congeló.

"¿No es así?"

"No lo creo."

Su cara se puso roja como la remolacha.

"Oh, lo siento señor".

"Olvídalo", respondió. "Lo pregunto porque mi criada se jubilará pronto. Si tienes tiempo extra, entonces tal vez podrías ayudarme con mis tareas de limpieza".

"¿Qué tendría que hacer?"

"Nada difícil. Limpiar los platos. Mantenerlo todo limpio".

"Tendré que pensar en eso."

"Serás bien compensada, por supuesto", respondió. "Y no te preocupes, no te pediré sexo. No eres mi tipo".

Ella se sonrojó de nuevo.

"Lo siento por lo de antes. Pero lo consideraré. ¿Por qué no?"

"Ten en cuenta la oferta. Mi trabajo está funcionando sin problemas y agradecería un poco de ayuda con el mantenimiento del hogar".

"No sales mucho, ¿verdad?"

"Ya viajé por el mundo y lo vi todo", respondió. "En esta parte de mi vida me concentro en mis escritos. A veces salgo. Todavía me encanta hacer ejercicio. Pero no quiero preocuparme por el mantenimiento del hogar. Pareces una joven capaz, así que te ofrezco trabajo extra".

Cristina asintió con la cabeza.

"Eso es muy generoso de tu parte."

"Con el dinero extra, podrías comprarte un nuevo guardarropa y un auto nuevo".

Ella se sintió un poco molesta por ese comentario.

"Lo entiendo. Necesito dinero. No tienes que restregármelo".

"No estaba tratando de hacerlo".

"Bien. Lo haré. Haré algunas tareas adicionales de limpieza para ti".

"Excelente", respondió con una rara sonrisa. "Discutiremos el suelo más tarde".

Ella caminó hacia Paul y extendió su mano para un apretón de manos.

Paul se levantó como un caballero y le dio la mano.

El trato estaba sellado.

SEGUNDA PARTE
LA PUERTA CERRADA

CAPÍTULO 5

Cristina logró encontrar algunos otros clientes para algunos trabajos pequeños.

Pero la mayor parte de su trabajo lo realizaba para Paul.

Ella preparaba sus comidas cada día de la semana.

Con el tiempo, ella comenzó a hacer más trabajos para él.

Ella hacía pequeños trabajos de limpieza por algún dinero extra.

Cristina siempre había sido una persona desorganizada para tareas domésticas, por lo que le resultaba irónico que estuviera haciendo las tareas del hogar para otra persona.

Pero el dinero era bueno, así que no le importaba.

Los platos tenían que limpiarse y disponerse de cierta manera.

Las ventanas tenían que estar impecables.

Los muebles tenían que estar libres de polvo.

Paul limpiaba los pisos él mismo.

Paul era una persona muy particular.

Y esos rasgos desquiciaban a Cristina a veces.

Pero el dinero era bueno.

En cierto modo, Cristina se sentía orgullosa de ayudar a Paul.

De alguna manera extraña, sentía como si estuviera ayudando a Paul a lograr su objetivo de poder escribir sus libros.

Ella se preocupaba por él como persona.

CAPÍTULO 6

La mesa del comedor estaba ordenada.

El almuerzo estaba preparado.

Cristina miró el plato y admiró su hermoso trabajo.

La escuela culinaria había valido la pena.

No podía esperar a que Paul lo probara, a pesar de que Paul nunca daba cumplidos.

Paul llegaba inusualmente tarde a la comida.

Nunca llegaba tarde.

La puerta de arriba estaba ligeramente abierta y Cristina escuchaba como el teclado se usaba furiosamente.

Ella sabía que él todavía estaba ocupado.

Ella caminó hacia la escalera y pensó si debería llamarlo o no.

Ella no quería interrumpir su trabajo.

Pero ella sabía que Paul era un hombre que necesitaba el orden.

¿Tal vez perdió la noción del tiempo?

Entonces ella la vio.

Cerca de la escalera, la puerta estaba abierta, ligeramente abierta.

Era una habitación que Paul había dicho que estaba prohibida.

Paul quería que limpiara todas las habitaciones excepto esa habitación.

La curiosidad de Cristina alcanzó su punto máximo.

Todavía escuchaba a Paul escribiendo arriba.

Ella quería echar un vistazo a la habitación secreta.

Quería conocer los pequeños secretos de Paul, sin importar cuán pequeños sean.

Ella estaba interesada en él.

Estaba interesada en el hombre al que había estado sirviendo durante semanas.

Dio unos pasos tranquilos hacia la puerta.

Ella asomó la cabeza hacia dentro.

El cuarto estaba oscuro.

Encendió el interruptor de la luz y la habitación quedó brillantemente iluminada.

Para sorpresa de Cristina, la habitación era el lugar menos elegante de la casa.

Pero todo parecían antigüedades.

Entró y miró a su alrededor.

Había una variedad de dispositivos de madera y metal.

Los diseños parecían ser de la época medieval.

Los aparatos parecían lo suficientemente grandes como para que una persona se sentara o se acostara.

Varios látigos y cadenas estaban colgando en la pared.

Había muchas sogas en una mesa cercana.

Cristina usó su dedo para tocar un dispositivo de metal.

Le pasó el dedo y lo miró.

La punta de su dedo estaba cubierta de una fina capa de polvo.

La habitación no había sido utilizada en mucho tiempo.

"No deberías estar aquí", dijo Paul desde atrás.

Cristina fue tomada por sorpresa por el sonido de su voz y dio un respingo.

Se dio la vuelta para ver a Paul de pie junto a la puerta.

"Oh, lo siento."

"¿No dije que esta habitación está fuera de tus tareas?" preguntó, caminando casualmente dentro.

"Lo sé. Pero estaba abierta y tuve curiosidad. Pensé que tal vez querías que la limpiara".

"No. Estaba planeando limpiarla yo mismo más tarde".

Cristina tragó saliva.

"Tu comida está lista. Está empezando a enfriarse".

"Puede esperar", respondió, caminando dentro de la habitación para mirar los dispositivos. "Debes preguntarte qué es todo esto".

"Parece una cámara de tortura medieval".

"Tienes casi razón. Algunas de estas cosas fueron construidas hace siglos durante la época medieval. Pero no necesariamente para la tortura".

"¿Entonces para qué?"

"Placer. Placer sexual", respondió sin rodeos.

Cristina se sorprendió.

"No puedo imaginar cómo. Estas cosas se ven tan dolorosas".

"Ese es el punto."

"¿Entonces son dispositivos de esclavitud, básicamente?"

El asintió.

"Estos fetiches han existido durante siglos. ¿Puedes creer que estos dispositivos fueron construidos para las familias reales y la nobleza?"

"No me sorprendería. La mayoría de las personas ricas son un poco depravadas".

Él levantó una ceja.

"¿Eso me incluye a mí?"

"Oh, no, no me refería a ti", ella retrocedió rápidamente.

"Sólo estaba bromeando."

Cristina se relajó.

"Por supuesto. Entonces, ¿por qué están todas estas cosas encerradas en esta habitación? ¿Por qué no las vendes a un museo o algo así?"

"Tal vez algún día. Pero por ahora, estoy escribiendo sobre ellas en mi libro. También estaba planeando tomarles fotos. Es por eso por lo que la habitación estaba abierta".

"Tu libro debe ser interesante".

"Eso espero", respondió. "He estado escribiendo sobre sexo. Del tipo de dominación y esclavitud sexual".

Cristina arqueó las cejas.

"¿En serio? No pareces el tipo de hombre para ese tipo de cosas".

"Entonces, ¿qué tipo de chico me parezco?"

"No lo sé. Blando. Fresa. Sin ofender".

"Ninguna ofensa", respondió. "Era una persona muy diferente hace años. No siempre estuve tan recluido".

"¿Qué cambió?"

Paul se frotó los dedos contra un dispositivo de metal.

"Es una larga historia. Puedes leer mi libro cuando termine de escribirlo".

"Bueno, lo espero con ansias. Parece que tienes algunas historias interesantes que contar".

"¿Sabes qué es un Amo?" preguntó.

"Solo lo básico", se encogió de hombros. "Un tipo que manda a las mujeres. Látigos. Cadenas. Nalgadas. Ese tipo de cosas, ¿verdad?"

"Más o menos. He sido un Amo para muchas mujeres sumisas. Mujeres hermosas con deseos oscuros".

"¿Les pegaste?" ella preguntó con curiosidad.

"A veces."

"¿Qué pasa con estos dispositivos?" ella preguntó. "¿Alguna vez los usaste en tus esclavas?"

"Ocasionalmente. Pero los métodos no son importantes. No se trata de las nalgadas o los dispositivos. Se trata de la rendición. Ellas me entregan sus cuerpos. Y hago lo que quiera con ellos. Al final, el placer es mutuo".

Cristina guardó silencio por un momento.

Miró a Paul directamente a los ojos y supo que cada palabra que estaba diciendo era verdad.

Ella sabía que era algo con lo que Paul tenía experiencia.

Ella sabía que era algo que Paul añoraba hacerlo de nuevo.

"Tu comida se está enfriando", dijo.

"¿Eso es todo lo que te importa?"

Ella se congeló un momento.

"Bueno, el catering es para lo que me contrataste, ¿no?"

"Eres una chica inteligente", dijo con una leve sonrisa. "Estás empezando a gustarme."

Paul se acercó y le dio a Cristina una palmada amistosa en el hombro.

Luego se dio la vuelta y salió de la habitación mientras Cristina se quedó confundida por el incómodo encuentro.

Ella lo siguió al comedor y lo observó comer.

CAPÍTULO 7

Más tarde aquella misma noche.

Era la llamada telefónica que Cristina había temido que llegara durante los últimos meses.

"¡¿Cómo?!" Cristina preguntó.

"Finalmente es la hora", respondió su madre. "Tu padre y yo ya no te apoyaremos financieramente. Sentimos que eres lo suficientemente mayor para valerte por ti misma".

"Te das cuenta de que vivir en la ciudad es caro ¿verdad?"

"Cariño, nadie te obliga a vivir en la ciudad. Siempre puedes acercarte a casa y encontrar algo más barato donde vivir".

"No, gracias", suspiró Cristina.

"No sé por qué estás actuando tan sorprendida. Te he estado poniendo sobre aviso durante los últimos meses. Cuando tenía tu edad, yo..."

"Los tiempos han cambiado mamá. ¿Has visto las noticias? Esta situación economía es difícil. El costo de vida es una locura"

"Pero tu negocio está despegando", respondió su madre.

"Apenas."

"Necesitas ser un poco más experta en negocios si quieres tener éxito. Hay tantos clientes potenciales en la ciudad. Todo lo que tienes que hacer es encontrarlos. Eres una gran cocinera y una buena persona. Tengo fe en ti, Cristina ".

"Sí, tienes razón. Estaba pensando en ir a contactar con varias compañías para ver si necesitan catering para fiestas".

"Ese es el espíritu emprendedor", respondió con orgullo su madre.

"Si la vida fuera tan fácil".

"Las cosas buenas vienen cuando eres persistente. Hablando de eso, ¿sigues trabajando con Paul? ¿Cómo va eso?"

"Va bien", dijo Cristina vagamente.

"¿Y bien? ¿Eso es todo? ¿Algún detalle interesante?"

"En realidad no. Cocino para él cinco días a la semana. Me paga mucho dinero por el servicio que brindo. Es una especie de tipo extraño".

"Mira quién habla", bromeó su madre.

"Graciosa."

"Solo estoy bromeando. Tienes razón. Paul parece un poco distante. Sin embargo, es un tipo inteligente".

"Definitivamente es una persona interesante", respondió Cristina. "Y él me mantiene empleada. Así que no me puedo quejar".

"Tampoco deberías hacerlo. Si deseas que tu negocio crezca, siempre debes dejar satisfechos a tus clientes. Eso siempre funcionó para mí".

Cristina se detuvo un momento.

"Sabes, me acabas de dar una idea".

"No estoy segura de que me guste cómo suena eso".

"Gracias mamá. Eres la mejor".

"Bueno, cuídate, Cristina. Siempre te estoy apoyando. Te amo".

"Yo también te amo mamá".

Después de que terminó la llamada, Cristina tenía un firme sentido de resolución.

Estaba decidida a tener éxito sin la ayuda de sus padres.

CAPÍTULO 8

Al día siguiente.

Cristina esperó atentamente mientras Paul se comía su almuerzo.

Ella limpió la cocina y se encargó de algunas tareas domésticas para él.

Cuando Paul terminó de comer, ella regresó al comedor y le quitó el plato.

Antes de que Paul tuviera la oportunidad de irse, ella se paró frente a la mesa del comedor con una postura respetuosa.

"He estado pensando", dijo Cristina con las manos juntas. "Este acuerdo realmente ha funcionado bien. He estado ocupándome de la mayoría de tus comidas y tareas domésticas, y para que puedas concentrarte en tu trabajo".

Paul se echó hacia atrás, sabiendo que se avecinaba una propuesta.

"Estoy de acuerdo. Esto ha estado funcionando bien. Mejor de lo que esperaba".

"Entonces, ¿cómo te sentirías si quisiera expandir mis tareas aquí? Por dinero extra, por supuesto".

"Ya estás haciendo más de lo que necesito. Y ya te estoy pagando un salario extremadamente generoso".

"Aprecio eso", dijo Cristina cortésmente. "Pero te beneficiarías más si hiciera más cosas por ti. El toque de una mujer siempre es útil para un hombre soltero".

Paul pensó por un momento.

"Es un punto interesante. Continúa".

"Estoy segura de que hay muchas otras cosas que podría hacer por ti".

"¿Como qué?"

Cristina quedó pensativa por un momento.

"Bueno, eso depende de ti. Tal vez podría limpiar esos dispositivos de la habitación cerrada. Esa habitación estaba polvorienta. Podría hacer un trabajo extra de limpieza. Y tal vez podría organizar una fiesta para ti".

"¿Por qué de repente estás tan interesada en más dinero?" Paul preguntó.

"Creo que podrías aprovecharte del toque de una mujer. Piensa en todas las fiestas que podrías organizar. A la gente le encantaría la comida. Tu vida social sería genial".

"Dime la verdad. ¿Por qué necesitas dinero extra?"

Cristina hizo una pausa por un segundo.

"Mis padres no me van a dar más efectivo. Y el alquiler en esta ciudad es abrumador. Si hay algo más que necesites que haga por aquí, estaría feliz de hacerlo".

Paul asintió con simpatía.

"Me gustas como persona, Cristina. Trabajas duro y te diviertes haciéndolo. Pero no voy a darte dinero gratis, especialmente cuando ya te estoy pagando generosamente".

"Entiendo", respondió Cristina, tratando de contener su tristeza. "Gracias por escucharme de todas formas. Volveré mañana".

"Todavía no he llegado a mi punto final", agregó. "Trataré de pensar en algo. Algo adecuado para tus habilidades y atributos. Cuando encuentre algo, te lo haré saber, y serás recompensada por ello. ¿Suena justo?"

Ella sonrió.

"Suena genial".

CAPÍTULO 9

Los días fueron pasando.

Paul nunca hizo una oferta.

Cristina nunca le preguntó porque no quería ser una molestia.

Ella preparaba el almuerzo de Paul como lo hacía normalmente.

Paul bajó las escaleras al comedor antes de lo habitual.

Se sentó y esperó mientras Cristina todavía estaba preparando todo.

"Se ve bien", dijo cuando Cristina trajo el plato de comida.

Realmente se sintió como un momento raro que él la felicitara.

"Gracias. Es cordero asado con una guarnición de verduras al horno".

Paul acercó un asiento a su lado.

"Siéntate. Hay algo que quiero discutir contigo".

Cristina se sentó y esperó lo que tenía que decir.

"He pensado en tu petición para más trabajo", dijo. "Especialmente sobre la necesidad de un toque femenino por aquí. De todos modos, iré directo al grano, podría usar algo tuyo de inspiración para mis escritos".

"¿Inspiración? ¿Cómo es eso?"

"Tal vez podrías posar para mí. He estado luchando con el bloqueo del escritor últimamente y me podría ayudar algo para mirar".

Cristina dio una expresión aprensiva.

"¿Estás seguro de que no quieres que organice una fiesta para ti o algo así? Eso probablemente funcionará mejor".

"No estoy interesado en organizar una fiesta", respondió, recostándose en su silla. "Lo siento, sólo pregunté. Fue inapropiado".

Ella pensó por un momento.

"¿Cuánto dinero ofrecerías?"

"Todo depende."

"¿De?"

"Del trabajo que realizaras", dijo. "Nunca antes había contratado un modelo. Pero sé que ayudaría con mis escritos".

"Oh, bueno, lo tendré en cuenta".

"No lo hagas. Fue un error preguntar. Si no te importa, me gustaría comer ahora. Tengo otras cosas que hacer más tarde".

"¡Lo haré!" Espetó Cristina.

"¿Qué?"

"El trabajo de modelaje que me ofreciste. Nadie lo sabrá, ¿verdad? Se queda estrictamente entre nosotros, ¿verdad?"

"Así es", asintió. "No habrá ningún registro de ello. Solo necesito la inspiración".

"Estoy interesada."

Paul dio un leve suspiro.

"No creo que entiendas. Fui apresurado en mi oferta. No creo que mis gustos sean para ti".

"¿Por qué no?"

"Porque te veías muy incómoda en la sala de dominación".

Cristina estaba un poco desconcertada.

De repente se dio cuenta de que Paul estaba buscando inspiración para sus historias de dominación.

Pero independientemente de eso, pensó en el dinero.

"Puedo aprender a sentirme cómoda con eso", respondió ella. "Solo dame tiempo. Mientras nadie lo sepa, estaré bien".

Paul le dio una mirada larga y escéptica.

"Como quieras. Preséntate aquí mañana a las ocho y media de la mañana. Resolveremos las cosas a partir de entonces".

"Gracias."

Cristina se levantó y extendió su mano para un apretón de manos.

Paul extendió la mano y le estrechó la suya.

CAPÍTULO 10

Más tarde esa misma noche.

Cristina estaba en la cocina preparando las comidas para el día siguiente.

Sabía que no tendría tiempo de hacerlo al día siguiente ya que Paul esperaba que ella estuviera allí a las ocho y media de la mañana.

Después de que todo estuvo preparado, Cristina se miró en el espejo.

Se preguntó si era lo suficientemente bonita para modelar para Paul.

Se preguntó qué sorpresas habría en la sala.

Si sería dulce o no.

Y se preguntó de cuánto dinero estaríamos hablando.

Paul siempre había sido generoso con los pagos financieros.

Sobre todo, se preguntó cuánta dominación quería ver Paul.

El lado racional de Cristina controlaba la situación: el dinero es bueno.

Y nadie lo sabrá nunca.

Mi pequeño secreto con Paul.

Se desnudó y se probó unos atuendos bonitos delante del espejo del dormitorio.

Finalmente se decidió por un sencillo vestido amarillo.

No era demasiado revelador.

Y no era demasiado mojigato tampoco.

Era el justo medio.

Se cepilló el pelo y pensó en cuánto maquillaje usar.

Entonces ella decidió no hacerlo.

Haría la situación demasiado incómoda.

Todo estaba dispuesto.

Ella estaba lista para el trabajo.

CAPÍTULO 11

La mañana del día siguiente.

Cristina apareció en la casa de Paul a las ocho y cuarto.

Ella quería asegurarse de que estar preparada con antelación.

Ella llevaba su vestido amarillo.

Su cabello estaba bien peinado y su rostro estaba limpio de maquillaje.

Ella ya era bonita de forma natural.

Después de que Cristina colocó los contenedores de comida dentro del frigorífico en la cocina, se sentaron juntos en la sala privada, en los aparatos de madera.

"¿Qué tienes en mente?" Cristina preguntó.

"Depende. ¿Cuáles son tus límites?"

Cristina se encogió de hombros.

"No lo sé. Nunca he hecho este tipo de cosas antes".

"Entonces supongo que será mejor que lo descubramos".

Los ojos de Cristina recorrieron brevemente la habitación de nuevo.

Era la habitación más insulsa de la casa.

Las paredes estaban lisas.

Pero había dispositivos antiguos de varios tamaños y formas.

Todos ellos parecían tan intimidantes.

"Mantendré la mente abierta", dijo. "Pero no me gusta el dolor. Y no quiero que me presiones demasiado rápido. No hay necesidad de apresurarse. ¿De acuerdo?"

El asintió.

"Gracias por ser clara. Debes saber que soy un hombre muy paciente. Lo he hecho durante muchos años con innumerables mujeres sumisas. Nunca presiono más a menos que ella esté lista".

Esas palabras enviaron un extraño sentimiento por la columna de Cristina.

No podía dejar de pensar en la frase "mujeres sumisas".

En cuestión de un momento, ella se dio cuenta que muy bien podría estar en la misma posición que esas 'mujeres sumisas'.

"Está bien", asintió ella. "Gracias. Entonces, ¿cómo deberíamos comenzar?"

Paul se levantó y paseó lentamente por la habitación, mirando cada uno de los dispositivos mientras Cristina permanecía sentada en una posición recatada.

Él miraba cada dispositivo de una manera tal que puso nerviosa a Cristina.

"¿Alguna vez has estado atada antes?" Paul preguntó.

Cristina sacudió la cabeza.

"Obviamente no."

"¿Te gustaría estarlo?"

"No lo sé."

Hizo un gesto hacia la mesa de madera.

"¿Por qué no lo intentamos?"

"No lo sé", ella se encogió de hombros nerviosamente.

"¿Es esto demasiado para ti? Necesito ver algo para inspirarme. Observarte sentada allí no me va a ayudar mucho".

Cristina se levantó lentamente y respiró hondo.

"Haré lo que quieras."

"¿Estás segura? Cristina, no quiero que hagas algo con lo que no te sientas cómoda. Puedo encontrar otras formas de pagarte".

Ella tomó otra respiración profunda.

"No, estoy segura. llegamos a un acuerdo para modelar, y tengo la intención de seguir adelante".

"¿Estás segura?"

"Si totalmente."

"Entonces recuéstate", dijo Paul, señalando hacia la mesa de madera.

La mesa se veía dolorosamente incómoda.

Parecía vieja y rústica.

Pero era lo suficientemente baja como para que una persona pudiera acostarse fácilmente sobre ella.

Había viejas barras de metal en cada lado de la mesa, lo que le daba a Cristina una sensación incómoda.

Poniendo los sentimientos a un lado, se recostó sobre la mesa.

Fue doloroso e incómodo como ella esperaba.

Estaba convencida de que la mesa estaba diseñada para la tortura, no para el placer.

Se preguntó cómo alguien podría sentir placer por tal cosa.

Se tumbó en el centro de la mesa y miró directamente al techo.

"Voy a atarte las muñecas", dijo él, parándose sobre su cabeza.

Ella permaneció en silencio por un momento mientras miraba la figura de Paul parada sobre ella.

"Está bien", respondió ella, levantando las muñecas. "Adelante."

Paul tomó suavemente sus muñecas y las llevó a la barra de metal sobre la mesa.

La barra estaba fría como ella esperaba.

La textura contra su piel no era muy suave, lo que era una señal de que la barra se hizo hace mucho tiempo, antes de la maquinaria moderna.

Sintió que le ataba las muñecas a la barra con una cuerda gruesa.

Cristina no se molestó en mirar.

Ella mantuvo sus ojos en el techo.

"¿Duele?" preguntó.

"No, estoy bien."

Sus pasos se oyeron por la habitación.

Cristina no se molestó en mirar a Paul.

Pero se preguntó qué debía estar pensando Paul.

Verla con un bonito vestido, con las muñecas atadas, debe de ser excitante para Paul, pensó.

"Dime otra vez", dijo. "¿Cuál es tu límite?"

Ella tragó saliva.

"Simplemente no me hagas daño".

"¿Puedo abrir tu vestido?" preguntó con voz suave.

"No, eso no."

"Entonces supongo que tienes otros límites", respondió con una leve sensación de diversión.

"Supongo."

"¿Puedo tocarte?" preguntó. "Está perfectamente bien si te niegas. Pero ya que hemos llegado hasta aquí, y ciertamente te ves atractiva".

"Si quieres", respondió tímidamente.

"No se trata de lo que quiero. Se trata de con lo que te sientas cómoda".

Luchó con sus pensamientos por un momento.

"Estoy cómoda con eso. Está bien. Adelante, si quieres. Quiero decir, estoy cómoda con eso".

"¿Estás segura, Cristina? No quiero presionarte si no estás cómoda".

"Siempre y cuando tú, ya sabes..."

"¿Siempre y cuando te compense financieramente?" preguntó, medio divertido.

Su tono y fraseo hicieron que Cristina se sintiera aún más incómoda.

"Sí", respondió ella.

"No tienes que preocuparte por eso".

Cristina esperaba alguna broma sarcástica más en respuesta, pero Paul había terminado de hablar.

Él caminó hacia ella mientras continuaba acostada sobre la mesa.

Cristina lo vio mirando su cuerpo.

Estaba claramente nerviosa.

Ella no sabía lo que él estaba planeando.

Sus ojos se deleitaron y vagaron por su cuerpo.

Finalmente se decidió.

E hizo su movimiento.

Paul se agachó y tocó la rodilla de Cristina.

Fue un toque repentino que la tomó por sorpresa.

Ella se estremeció.

"¿Estás bien, Cristina?"

"Estoy bien. Simplemente, no esperaba eso".

Él deslizó su mano más abajo por su muslo.

Su mano se deslizó más profundamente hasta que quedó debajo de su falda amarilla.

A Cristina le incomodaba, pero también la hacía sentir un hormigueo entre las piernas.

Sus ojos permanecían enfocados en el techo.

"¿Te importa si continuamos más?" preguntó. "Ya hemos llegado hasta aquí".

"Adelante. No me importa".

"¿Estás segura?"

"Estoy segura."

Paul levantó la falda de Cristina y la empujó hacia arriba.

Sus bragas estaban expuestas.

Paul deslizó su mano debajo de las bragas de Cristina.

Naturalmente, ella se estremeció de nuevo, pero se contuvo.

La mano de Paul frotó su entrepierna.

El cuerpo y los pies de Cristina se tensaron.

"Tienes que relajarte", dijo Paul. "De lo contrario, esto no servirá para mucho".

"Bueno."

Cristina hizo todo lo posible para relajar su cuerpo.

Sus ojos permanecían en el techo.

Se sentía demasiado avergonzada para mirar a Paul.

Ella simplemente le permitió acariciar su entrepierna.

Ella jadeó cuando Paul jugó con su clítoris.

Fue un movimiento que no había esperado.

Su instinto natural era alcanzar y alejar la mano de Paul, luego cubrirse, y luego abofetear a Paul en la cara, pero las cuerdas alrededor de sus muñecas estaban apretadas.

Ella dio un suave tirón, pero fue en vano.

"¿Estás tratando de salir?" Paul preguntó. "Si quieres salir, solo dímelo y te desataré de inmediato".

"Lo siento. Fue una reacción instintiva".

"Bueno, no reacciones así. Esa no es la reacción que quiero".

"Está bien perdón."

Los dedos de Paul se movieron con un furioso movimiento circular sobre el clítoris hinchado.

Cristina no tuvo más remedio que jadear.

Estaba demasiado sorprendida como para contener sus sentimientos.

Los dedos no se detuvieron.

Fue un lindo placer.

Ella cerró los ojos y disfrutó del placer de Paul.

Fue una sensación de hormigueo que fluyó por su cuerpo.

"Puedo decir que estás cerca", dijo. "Relájate. Casi ha terminado".

Con los ojos aún cerrados, Cristina se permitió disfrutar de los dedos de Paul mientras se deleitaban con su delicado y pequeño clítoris.

Pasaron momentos antes de que los dedos de Cristina se pusieran rígidos.

Cortos ruidos jadeantes escaparon de sus labios.

Sus ojos se apretaron con fuerza.

Sus músculos se contrajeron.

Fue un orgasmo bien merecido por todas las tensiones en su vida.

Finalmente, su cuerpo se relajó y Paul retiró la mano de sus bragas.

Él movió su vestido nuevamente a su posición correcta.

Le dio una palmadita a Cristina en el muslo, como si hubiera hecho algo bien.

"Ciertamente lo disfrutaste", dijo Paul mientras comenzaba a desatarle las muñecas.

Cristina se sintió liberada.

Se puso derecha y se frotó las muñecas, que estaban ligeramente rojas y dolorosas por la cuerda.

El sentimiento orgásmico ayudó a contrarrestar el dolor.

"Me gustó", respondió ella. "Fue agradable. Realmente agradable. Dios, no me he sentido así en mucho tiempo. Quiero decir, no tan bueno como lo hiciste".

"Me alegra que lo hayas disfrutado. Me trajo muchos recuerdos, lo que me ayudará con mi escritura. Fuiste una pequeña inspiración maravillosa para mí".

"Siempre me alegra estar a tu servicio".

"Excelente", asintió. "Me aseguraré de agregar un bono en tu cheque a fin de mes. Creo que has ganado cinco mil dólares adicionales por esto".

Sorprendentemente, Cristina sintió un sentimiento de vergüenza.

Ella sabía que Paul tenía buenas intenciones.

Apreciaba los cinco mil adicionales, que era mucho más de lo que esperaba.

Pero un sentimiento de culpa la invadió, como si acabara de vender su cuerpo y su sexualidad por dinero fácil.

Eso la hacía sentir impura y sucia.

"No soy una puta", soltó, y luego se arrepintió al instante.

"Nunca dije que lo fueras".

"Lo siento", respondió ella. "Realmente aprecio todo. Pero nunca he usado mi cuerpo así, ya sabes, para ganar dinero".

Paul sacudió la cabeza, decepcionado consigo mismo.

"No lo sientas. Esto es mi culpa. Fui apresurado contigo. No debería haberte pedido que modelaras para mí".

Cristina se levantó y se arregló el vestido.

"Lo disfruté", dijo. "Realmente lo hice. Pero fue un poco extraño para mí. ¿Quizás podamos hacerlo alguna otra próxima vez? Solo un poco más lento".

"No lo creo. Esto claramente no es para ti".

Cristina dio una mirada tímida mientras la sensación del orgasmo todavía fluía por su cuerpo.

"Prepararé tu almuerzo ahora", dijo.

"Puedo hacerlo yo mismo. Puedes irte".

Ella asintió obedientemente.

"Me alegro de que hayamos hecho esto".

"Yo también", respondió. "Pero nunca deberíamos hacer esto otra vez. Nos vemos el lunes".

Cristina asintió, sabiendo que Paul ya había tomado una decisión firme.

Ahora había una sutil incomodidad entre ellos.

Después de intercambiar algunas palabras más, se fue preguntándose qué estaría pensando Paul de ella.

TERCERA PARTE
EL NUEVO TRABAJO

CAPÍTULO 12

Más tarde aquella misma noche.

Cristina se sentó frente a su computadora y buscó formas de solicitar nuevos clientes.

Envió al menos una docena de correos electrónicos a diferentes compañías para promover su negocio de catering.

No esperaba mucha respuesta, pero valía la pena intentarlo y no tenía nada que perder.

El teléfono sonó.

Era su madre que la que llamaba para revisar nuevamente.

Hicieron su charla habitual y no había mucho que decir.

"Dirigir mi propio negocio es difícil", se lamentó Cristina.

"¿Esperabas que fuera fácil?"

"No sé lo que esperaba. No me importa trabajar duro. Me encanta cocinar para otras personas. Pero, Dios, necesito más clientes".

"En mi experiencia, el negocio es a quién conoces", respondió su madre. "Muchos negocios provienen de conexiones personales. Así que sal y trata de conocer gente nueva en lugar de buscar en línea".

"Tiene sentido, supongo".

"¿Supongo? ¿Cuándo me equivoco?"

"No lo sé."

"No suenes tan deprimida, Cristina", dijo su madre. "Mucha gente lucha con un nuevo negocio. Solo sigue intentándolo".

"Gracias mamá."

"¿Cómo van las cosas con Paul? ¿Todavía te paga generosamente?"

"Es complicado", suspiró Cristina. "Pero sí, él todavía paga bien".

"Parece un tipo complicado".

"No sabes ni la mitad".

Hubo una pausa en el teléfono.

"¿Ha intentado algo contigo?" preguntó su madre con cautela.

Cristina se apresuró a mentir.

"De ninguna manera. Por supuesto que no".

"Puedes decirme la verdad. Estoy aquí para ti".

"Mamá, él no es de mi tipo. Si alguna vez hiciera un movimiento, lo golpearía en la cabeza con lo que haya cocinado ese día".

"Eso suena como el espíritu de la Cristina que conozco", se rió entre dientes su madre.

"Hipotéticamente hablando, ¿y si lo hiciera? Quiero decir, ¿cómo te sentirías al respecto?"

"¿Si Paul hiciera un movimiento?"

"Sí", respondió Cristina. "¿Cómo te sentirías?"

Hubo otra pausa en la línea.

"Supongo que depende de ti. Si te invitó a salir, esa es tu decisión".

"¿De verdad?"

"Esa es tu decisión, Cristina. Pero si él intentara tocar tu trasero en la cocina, entonces te sugeriría que viertas un poco de tu famosa salsa caliente sobre su cabeza".

"Por supuesto que sí", respondió Cristina con una voz sarcástica.

"Parece que tienes algo en mente".

"Ya no. Gracias mamá, eres la mejor. Te tengo que dejar".

"Adiós te quiero."

"Yo también te amo mamá".

La llamada terminó y Cristina se recostó en su silla.

Pensó en Paul y el orgasmo que recibió ese día.

Todavía recordaba los sentimientos vívidamente.

Cada toque, cada emoción.

La sensación de la madera dura contra su cuerpo.

La sensación de la mano de Paul contra su coño.

Y, sobre todo, el orgasmo.

La dominación nunca fue lo suyo, pero se sintió bien.

Buscó en línea y buscó diferentes términos.

La hizo sentir como una estudiante universitaria nuevamente mientras investigaba.

Hizo varias búsquedas sobre la esclavitud y sus placeres.

Ella miró varias imágenes.

Eso la excitó de nuevo y deslizó una mano por sus bragas.

CAPÍTULO 13

El lunes por la mañana.

Cristina hizo un esfuerzo por verse bien cuando fue a la casa de Paul.

Llevaba un vestido azul y su cabello estaba bien peinado.

Paul no prestó mucha atención a su apariencia cuando abrió la puerta para dejarla entrar.

"¿Podemos hablar?" Cristina preguntó. "Sobre negocios quiero decir".

"Por supuesto."

"Genial. Espera".

Cristina puso la comida en la cocina y fue a la espaciosa sala de estar donde Paul se había sentado.

Ella se sentó frente a él.

"He estado pensando mucho durante el fin de semana", dijo. "Sobre nuestra relación".

"Yo también", dijo, sin dejar que ella terminara sus pensamientos. "Creo que deberíamos terminar con esto. Para mí está claro que nuestra relación comercial se ha visto comprometida. Ya he comenzado a buscar un reemplazo para las necesidades de mi hogar".

Cristina se quedó congelada por un momento mientras las noticias le hundían lentamente.

"¿Qué? No. Eso no es lo que quería".

"Creo que es lo mejor", respondió. "Eres una joven brillante. Encontrarás tu lugar en este mundo".

La mirada atónita permaneció en su rostro. "

Esto no es lo que esperaba escuchar. Pensé que nuestra conversación iba a ser muy diferente".

"¿Que estabas esperando?"

"Vine aquí para decirte que estaba interesada en continuar, ya sabes, lo que hicimos el viernes pasado".

Él arqueó una ceja.

"¿En serio? ¿Y por qué quieres eso?"

"¿Realmente tengo que decirlo?"

"Si."

Ella respiró hondo.

"Obviamente disfruto trabajando aquí. Disfruto de los beneficios. Creo que eres un gran jefe, el mejor que podía tener. Y lo que hicimos la semana pasada, en la sala, realmente me gustó. Creo que al principio tenía miedo, pero pensé mucho, y no me importaría si continuamos ".

"Interesante."

"¿Eso crees?" ella preguntó.

"No eres tan tímida como pensaba. Nunca hubiera esperado que vinieras y me dijeras directamente estas cosas. Estoy impresionado".

Ella sonrió, "gracias".

"¿Qué debería pasar después?"

"No lo sé", se encogió de hombros torpemente. "Eso depende de ti. Pero me gustaría que nuestra relación comercial continuara".

"Sé valiente, Cristina. Dime qué pasa después. En este mismo minuto. Quiero saber qué tienes en mente. Sorpréndeme".

Ella reunió su coraje y le dio a Paul una mirada de determinación.

Sus labios se apretaron y su nariz se encogió ligeramente.

Sus ojos estaban fijos en Paul, que estaba estoico, esperando que ella hiciera algo audaz.

Cristina se levantó y se cepilló el vestido con las manos.

Sus dedos se envolvieron alrededor de los tirantes de su vestido.

Apartó las correas y movió su cuerpo, permitiendo que el vestido cayera al suelo.

Se paró frente a Paul en su sostén blanco y bragas, con su hermoso vestido alrededor de sus tobillos.

"¿Qué estás haciendo?" preguntó sin emoción.

"Estoy mostrando mi dedicación al trabajo".

"Tal vez me has entendido mal. No creo que este sea el camino correcto para ti".

"No me estás diciendo que pare", respondió ella. "Y tampoco te escucho quejarte".

Los ojos de Paul vagaron por su cuerpo escasamente vestido.

Ella tenía una constitución promedio, un poco delgada.

Senos pequeños y caderas estrechas.

Estaba claro que rara vez hacía ejercicio ya que su tono muscular era débil.

"Eres bastante atractiva", señaló.

Se quitó el vestido y dio varios pasos hacia adelante hasta que se paró directamente frente a Paul.

"Aquí está el trato", dijo con valentía. "El nuevo trato. Seré tu proveedora exclusiva. También seré tu modelo cuando creas que sea necesario. Puedes hacer que me corra si quieres. Si me siento realmente bien, te devolveré el favor gratis ".

Él levantó una ceja.

"¿Me devolverás el favor?"

"Te haré que te corras. Gratis. Yo no soy una prostituta. Piensa en ello como una gratificación de una receptora agradecida ".

"Suena como una relación comercial inusual".

"Ya hemos cruzado la línea de todos modos", dijo.

"Tendré que considerarlo".

Cristina se agachó y agarró la muñeca de Paul, llevando su mano a sus bragas.

Él tocó el exterior de sus bragas y se frotó entre sus piernas.

"Piensa rápido", dijo ella. "De lo contrario, retiraré la oferta".

Él dio una sonrisa a medias.

"La nueva y audaz Cristina. Me gusta".

"A mí también."

Paul presionó sus dedos con más fuerza contra las bragas de Cristina.

Ella gimió por el toque caliente.

Ella gimió aún más cuando Paul deslizó su mano dentro de sus bragas, tocando su coño desnudo.

Estaba excitada, y no había duda al respecto.

"Estás mojada", notó, mirándola.

"Lo sé."

"Quítate el sostén. Déjame verte".

Cristina extendió la mano para desabrocharse el sujetador y lo arrojó al sofá.

Sus pequeños pechos turgentes fueron liberados.

Sus pezones eran rosados y pequeños.

Se endurecieron rápidamente por el aire frío y la evidente excitación sexual.

Ella resistió el impulso de cubrirse los senos con las manos porque siempre se había sentido insegura sobre su pecho.

Pero ella trató de ser valiente y empujó su pecho hacia adelante.

"¿Te gustan?" ella preguntó.

"Me encantan los senos de cada mujer. Cada uno es único y especial a su manera. El tuyo no es una excepción. Son encantadores".

"Gracias Señor."

"¿Señor?" preguntó retóricamente. "Creo que sabes lo que me gusta."

"¿Y qué te gusta?" ella preguntó tímidamente.

"Propiedad."

"Oh..."

Paul usó ambas manos para tirar de las bragas de Cristina al piso, dejando a la chica completamente desnuda, de pies a cabeza.

Se puso de pie y tomó a Cristina de la mano.

"Sígueme", dijo. "Hay algo que me gustaría mostrarte".

Condujo a Cristina por el pasillo mientras sostenía su mano de una manera romántica.

Cristina estaba nerviosa, pero siguió su paso.

Ella sabía que se dirigían hacia la sala de esclavitud.

La idea la hizo excitarse y ponerse nerviosa.

La puerta estaba entreabierta y Paul la abrió.

Encendió las luces y entraron.

El aire estaba frío, lo que hizo que los pezones de Cristina estuvieran aún más duros.

Su mirada paso a su alrededor y se preguntó qué había planeado Paul.

"Tienes un nuevo conjunto de responsabilidades", dijo Paul. "Espero completa obediencia. Te espero desnuda en todo momento. ¿Entendido?"

"Si entiendo."

"Inclínate sobre la mesa", dijo. "Sobre tu estómago. Voy a atarte. Quiero que vuelvas a correrte".

"Sí señor."

Cristina miró la mesa intimidante.

Era una mesa diferente a la anterior.

Pero parecía igualmente incómodo y doloroso.

La madera parecía vieja, y el marco de metal también.

No tenía sentido quejarse.

Ella hizo lo que le dijo y puso los pechos desnudos y el estómago sobre la mesa de madera.

Fue más incómodo de lo que esperaba.

La madera estaba fría y le picaba en los sensibles pezones.

Sus ojos miraron al suelo.

Escuchó a Paul caminando por la habitación antes de acercarse a ella.

"Voy a atarte", dijo. "Relaja los brazos y las piernas. Este es un proceso simple si estás tranquila".

"Bueno."

"¿Estás segura de que quieres esto?"

"Sí", respondió ella.

"¿Por qué?"

"Porque quiero correrme de nuevo".

Cristina no recibió respuesta.

En cambio, sintió que Paul ataba cada uno de sus tobillos al frío marco de metal de la mesa.

Era incómodo y un poco aterrador.

Cada nudo estaba muy apretado.

La cuerda era gruesa, lo que lastimaba su piel.

El mismo proceso se realizó en sus muñecas.

Cada muñeca estaba atada al marco de metal de la misma manera.

Cuando terminó, sus tobillos y muñecas estaban fuertemente atados a la mesa.

Estaba boca abajo con el estómago desnudo y los senos presionados fuertemente sobre la superficie de madera.

Era una sensación bastante aterradora saber que le había dado a Paul poder absoluto sobre su cuerpo.

Ella estaba clara y completamente indefensa.

Algo golpeó su trasero desnudo.

Se sintió duro, pero a la vez suave.

No estaba segura de qué era.

Entonces sintió los dedos de Paul rozar su trasero.

"¿Te importa si te toco así?" preguntó, sabiendo la respuesta.

"No."

"Bien. Me gusta tu piel. Eres muy tierna ..."

La mano de Paul vagó por su trasero, sintiendo cada curva.

Él masajeó cada una de sus nalgas con sus fuertes manos.

Entonces sintió que algo duro tocaba su trasero de nuevo.

Tenía una superficie curva lisa.

"¿Qué es eso?" ella preguntó.

"Es un vibrador. ¿Alguna vez has usado uno antes?"

"No."

"¿Te gustaría sentirlo?"

"Estoy abierta a eso".

"Buena chica."

Un zumbido de repente sonó en la habitación y envió un escalofrío por la columna de Cristina.

Sus ojos permanecieron fijos en el suelo mientras escuchaba el zumbido.

Su cuerpo se sacudió violentamente en el momento en que el zumbido tocó la punta de su clítoris.

Fue doloroso, de mala manera y de buena manera.

Ella trató de luchar contra ella, luchando contra las cuerdas, lo que era inútil.

El zumbido se detuvo.

"¿Terminamos esto?" preguntó.

"No. Por favor, no. Dejaré de moverme".

"Contrólate Cristina".

El zumbido regresó cuando el vibrador se activó nuevamente.

Tocó su clítoris, y Cristina hizo todo lo posible para permanecer quieta.

Luchó contra los impulsos de luchar mientras aceptaba la sensación de vibración contra su área más sensible.

Hizo que sus dedos se curvaran violentamente.

Apretó los dientes cuando cerró la mandíbula.

Sus puños se apretaron fuertemente.

Tener su clítoris torturado con un vibrador era lo último que esperaba.

Zumbó y zumbó.

La punta del vibrador se sostuvo contra su clítoris hasta que pensó quc iba a explotar.

Justo antes de que ella estuviera a punto de gritar de agonía, Paul movió el vibrador y lo empujó dentro de su coño.

Fue un sentimiento surrealista.

Había pasado mucho tiempo desde que la habían penetrado con algo más que sus dedos.

La vibración dentro de su coño era una mezcla de dolor y placer.

Paul hábilmente empujó y tiró del juguete sexual.

Cristina hizo todo lo posible para no gritar.

"¿Te estas divirtiendo con esto?" preguntó en broma.

Cristina jadeó.

"Yo ... yo ... uh ..."

"¿Si o no?"

"¡Sí! Dios, sí".

Paul empujó el dispositivo aún más dentro del coño de Cristina, haciéndola jadear más.

Estaba casi sin aliento cuando entró en su cuerpo por completo.

Sus brazos y piernas tiraron de las cuerdas, pero fue en vano.

Estaba atrapada con el poderoso vibrador dentro de su vagina húmeda.

"¿Estás cerca?" preguntó.

Ella luchó por las palabras.

"Si casi..."

"Corre para mí, nena".

El vibrador fue empujado y jalado dentro del coño de Cristina sin piedad.

Ella trató de relajar su cuerpo, lo que siempre le facilitaba el orgasmo.

Ella hizo todo lo posible para relajar los músculos vaginales del estiramiento, permitiendo que Paul se saliera con la suya.

Su orgasmo era inminente debido al vibrador.

Y era un orgasmo diferente a todos lo que había sentido antes.

Estar atada y azotada mientras un objeto vibrante empujaba dentro de su coño era una combinación potente.

Los dedos de los pies de Cristina se arquearon más y sus puños se apretaron más fuerte.

Cada músculo de su cuerpo se contrajo.

Sus jadeos y gemidos se volvieron más duros.

"Oh, Dios mío ... Oh, Dios mío ... Oh, Dios mío ..."

De repente, el dispositivo se cambió a una velocidad más alta y las vibraciones se hicieron mucho más fuertes.

Cristina gritó por la poderosa vibración al ser empujada y jalada en su coño.

Ella lloró.

Luego sollozó incontrolablemente cuando llegó al clímax.

Una oleada de fluidos brotó del interior de su coño, haciendo un desastre en la mesa y dejando un charco en el piso duro.

Más empujes vinieron del vibrador de potencia hasta que los fluidos se detuvieron.

Paul retiró el vibrador del coño de Cristina, que hizo un fuerte zumbido.

Luego lo apagó.

Cuando el asalto vaginal finalmente terminó, el coño de Cristina era un desastre goteante.

Su humedad era como un pequeño río orgásmico.

Su coño brillaba por sus fluidos vaginales.

La mesa estaba mojada.

Y los fluidos caían al suelo como un grifo que gotea.

Cristina apenas estaba consciente mientras recuperaba lentamente la compostura.

Fue, con mucho, el mejor orgasmo que había experimentado en su vida.

Oyó los pasos de Paul acercándose a su cabeza.

Paul se inclinó y besó su cabello.

Se preguntó por qué Paul aún no la había desatado.

"Estamos ... hemos ... terminado ..." se las arregló para hablar.

"Todavía no. ¿Recuerdas tu promesa?"

"¿Cuál de ellas?" ella gimió.

"Dijiste que, si hacía que te corrieras, entonces me devolverías el favor. Entonces, ¿cómo se sintió tu orgasmo?"

"Un ... jodido ... increíble", soltó.

Paul le sonrió.

"Buena chica. Ahora, ¿tienes ganas de devolverme el favor?"

"Sí señor. ¿Me va a desatar?"

"Me gustas en esta posición".

Cristina escuchó el sonido de los pantalones de Paul al abrirse.

Ella sabía exactamente lo que Paul quería.

Seguía de pie junto a su cara, lo que significaba que no estaba interesado en follarla, al menos no en ese día en particular.

Miró hacia arriba cuando Paul se acercó a su cara.

Ella vio su polla dura apuntando directamente a sus labios.

Era obvio lo que quería.

Con un corazón lujurioso, Cristina abrió la boca mientras Paul daba otro paso adelante, entrando entre sus labios.

No hubo ningún proceso de sentimiento y no hubo tiempo para adaptarse.

Paul simplemente empujó sus caderas hacia adelante para que Cristina pudiera chupar como debería hacerlo una buena sumisa.

"Dios mío. Tienes los labios como de un ángel", dijo, impresionado por lo que sentía en su polla.

El sexo oral nunca fue cosa de Cristina.

Nunca fue muy buena en eso, y nunca fue su preferencia hacerlo.

Pero con Paul, estaba ansiosa por complacerle.

Especialmente con la poderosa sensación orgásmica que todavía fluía por su cuerpo.

Su falta de habilidades no era un problema ya que su cuerpo todavía estaba atado a la mesa.

Paul hizo todo el trabajo, empujando suavemente sus caderas de un lado a otro.

Todo lo que necesitaba era una boca cálida para follar.

Lo único que Cristina tuvo que hacer fue mantener sus labios apretados alrededor del miembro duro de Paul y chupar.

"Joder, me voy a correr", gruñó Paul. "Y te lo vas a tragar".

Su sentido de mando era excitante para Cristina, por una razón que ella no podía entender.

Sintió las manos de Paul frotando su cabello mientras chupaba.

Sintió que su miembro se volvía aún más rígido dentro de su boca.

Ella hizo todo lo posible para usar su lengua en su miembro, que siempre le habían dicho que se sentía bien.

La polla se hundía en su boca, lo que la hizo tener náuseas.

El reflejo nauseoso era terrible.

Pero Paul imaginaba cuánto Cristina era capaz de soportar, por lo que nunca presionó demasiado.

Era la señal de un profesional, pensó para sí misma.

Ella observó cómo Paul se acariciaba al orgasmo, mientras la punta de su erección todavía estaba dentro de su boca.

Ella mantuvo sus labios bien cerrados alrededor de él.

Paul gruñó mientras la acariciaba furiosamente.

Segundos después, su lengua estaba cubierta con el semen de Paul.

Chorro tras chorro.

Tenía un sabor distinto.

Ella tragó saliva para evitar que su boca se desbordara.

Segundos después, el fujo de semen se detuvo y Cristina se lo tragó todo.

"Dios mío", dijo Paul, sacando su polla de su boca. "Eso fue maravilloso. ¿Dónde aprendiste a chupar así?"

Se encorvó por un momento, antes de ponerse de pie para cerrar sus pantalones.

Luego se agachó para desatar a Cristina.

Cuando fue liberada, se acarició sus propias muñecas y tobillos, que tenían marcas de color rojo oscuro.

Rápidamente se dio cuenta en que todavía estaba completamente desnuda y que ya no le importaba.

Le gustaba estar desnuda frente a Paul.

"Realmente disfruté toda la experiencia", señaló con confianza.

Paul le tocó el cuello y le dio un beso en la frente, luego más en las mejillas.

Finalmente, plantó varios besos en su cabello.

"Yo también. Nuestra asociación va a funcionar muy bien. Piensa en todas las posibilidades que podemos compartir juntos".

"Lo sé."

"Eres como una mariposa, creciendo ante mis propios ojos", dijo.

"Todo es por tu culpa", sonrió. "Ahora, si me disculpas, hice algo muy especial para el almuerzo. Te encantará. Estoy segura de que has abierto el apetito, así que mejor voy a prepararlo ahora".

Cristina se levantó y caminó desnuda hacia la puerta.

Había confianza en su caminar.

A ella le encantaba estar desnuda.

Fue divertido.

Los fluidos goteaban por sus piernas.

El sabor del semen todavía estaba en su boca.

Luego, se detuvo cuando llegó a la puerta, y se dio la vuelta para mirar a Paul, orgullosa de su cuerpo desnudo.

Ella le dijo que no se preocupara por el desastre en la sala, que lo limpiaría más tarde.

Era parte de sus deberes recién descubiertos.

FIN

www.ingramcontent.com/pod-product-compliance
Lightning Source LLC
LaVergne TN
LVHW090128160826
845673LV00015B/1103